L'abominable histoire
de la poule

Christian Oster

L'abominable histoire de la poule

Illustrations d'Alan Mets

Mouche
l'école des loisirs
11, rue de Sèvres, Paris 6ᵉ

Du même auteur à *l'école des loisirs*

Dans la collection *Mouche*

Le Lapin magique et autres histoires

© 1999, l'école des loisirs, Paris
Loi n°49.956 du 16 juillet 1949 sur les publications
destinées à la jeunesse : septembre 1989
Dépôt légal : novembre 2002
Imprimé en France par Mame Imprimeurs à Tours

Il était une fois une poule très intelligente, qui se posait des questions.

Par exemple, elle se demandait, comme vous et moi, qui, d'elle ou de l'œuf, était apparu en premier sur la terre.

Mais, comme vous et moi, elle était incapable de répondre.

Elle était assez copine, à la ferme, avec un cochon très bien élevé, très gras, très poli, plutôt élégant, qui changeait de cravate à peu près tous les jours, ce qui agaçait la poule, parce qu'elle était plutôt nature, elle, s'habillant de robes en coton toutes simples, qu'elle achetait le plus souvent en solde du reste, et qu'elle ne repassait même pas, prétextant que le coton n'a pas besoin d'être repassé et qu'à la campagne, où l'on se salit tout le temps, il est ridicule de pratiquer l'élégance.

Bref, cette poule, un peu négligée dans sa tenue, et qui s'intéressait surtout aux choses de l'esprit, était une intellectuelle.

Le cochon, lui, passait son temps à se préoccuper de sa mise, à faire le beau dans la cour de la ferme, et rien ne lui plaisait

tant que de parler chiffons avec la poule, qui l'écoutait d'une oreille distraite, certes, mais qui l'écoutait tout de même, parce qu'elle l'aimait bien, au fond, ce cochon. Il était si différent d'elle que ça l'intriguait, justement. Elle cherchait à le comprendre, se posait des questions à son sujet. Et, se poser des questions, la poule adorait ça.

Et puis il y avait autre chose. Mais il est trop tôt pour le dire.

Quant au cochon, il voyait bien que la poule ne faisait même pas attention à sa nouvelle cravate, quand il en changeait, le matin, et qu'elle ne remarquait même pas la coupe de son costume ni l'originalité de son chapeau. Mais, en somme, il était assez fier de se promener avec la poule, parce que c'était une intellectuelle. Dans la famille du cochon, on n'ouvrait jamais un livre, on ne discutait pas, et, lorsqu'on se réunissait autour de l'auge, on mangeait en regardant la télé.

Un jour qu'ils se promenaient, tous les deux, la poule, qui avait de la suite dans les idées, abordait avec lui, pour la cinquantième fois, le problème de la poule et de l'œuf. Car, l'avantage des questions sans réponse, n'est-ce pas, c'est qu'on peut continuer à

se les poser sans craindre de s'ennuyer. Le cochon, lui, regardait sa cravate, qui, à son goût, lui descendait un peu trop au-dessous du ventre. Et, tout en écoutant négligemment la poule, il essayait de refaire son nœud.

— Tu comprends, Norbert, disait la poule. Un œuf. Essaie d'imaginer un œuf. Quelqu'un l'a fait, forcément.

— Tu sais, moi, les œufs…, disait le cochon.

— Arrête de tripoter cette cravate, disait la poule, tu m'agaces.

— Toi aussi, tu m'agaces, avec ton histoire d'œuf, disait le cochon. Ça t'obsède tellement que tu ne vois même pas que ta robe traîne dans la boue. Et puis tu en ponds, des œufs, ou je me trompe ?

— Heu, oui, répondit la poule.

Sa voix était un peu hésitante, mais le cochon, qui n'était pas très attentif, ne le remarqua pas.

— Eh bien, c'est déjà pas mal, reprit-il. Tu donnes la vie, Maud. C'est énorme. Ça devrait te suffire.

— Mais ça ne me suffit pas, répondit la poule. Parce que je voudrais comprendre.

— Si encore c'était moi, dit le

cochon. Si c'était moi qui pon-
dais des œufs. Là, oui. Je me
poserais des questions. Mais les
cochons ne pondent pas d'œufs.
Cot!

— Qu'est-ce que tu dis?

— Rien, dit le cochon. Codet!

— Qu'est-ce qui se passe? dit
la poule. Tu caquettes, ou quoi?

– Je ne caquette pas, dit le cochon.

– Si, dit la poule, tu caquettes. Tu viens de caqueter, là. Ne me prends pas pour une idiote.

– Bon, dit le cochon, d'accord. J'ai caqueté. Ça peut arriver à tout le monde.

– Non, dit la poule. Un cochon qui caquette, ça n'existe pas.

– Et pourtant j'ai caqueté, dit le cochon.

– Ah, tu vois, tu l'admets, maintenant.

– Cot, dit le cochon.

– Tu ne vas tout de même

pas pondre un œuf! dit la poule. Tu m'inquiètes.

— Apparemment, je ne ponds pas, dit le cochon. Tu vois.

— En effet, dit la poule, tu n'as pas pondu. Remarque, c'est normal, tu n'es pas une truie. Mais tu caquettes, ça, oui. Attends. Grogne un peu, pour voir.

— Cot! dit le cochon.

— Couine, dit la poule.

— Codet! dit le cochon.

— Tu m'inquiètes pour de bon, dit la poule.

— C'est peut-être une extinction de voix, caqueta le cochon. J'ai dû trop serrer ma cravate.

– Desserre-la, dit la poule.

– Ah non! caqueta le cochon. De quoi je vais avoir l'air?

– D'un cochon raisonnable, dit la poule. Qui fait passer sa santé avant l'élégance. Allez, desserre-la.

– Bon, codet, dit le cochon.

Il tira sur son nœud. En vain.

– Attends, je vais essayer, dit la poule.

Elle tira sur son nœud. En vain. La cane arriva en se dandinant, son baladeur sur la tête.

– Je peux vous aider?

– Ah, Ghislaine, dit la poule. Tu tombes à pic. Je n'y arrive

pas, j'ai les ailes trop molles. Et Norbert a les sabots qui glissent. Peut-être qu'avec ton bec…

— Je crois plutôt, dit la cane, qu'on devrait aller voir le chien. Il a ses griffes, lui.

Ils allèrent voir le chien. Il dormait dans sa niche.

— Claude! appela la cane.

— Qu'est-ce qui se passe, encore? dit le chien. On ne peut plus dormir, ici?

— Norbert a trop serré sa cravate, dit la poule.

— Tiens, dit le chien, tu t'intéresses aux problèmes matériels, maintenant?

— C'est pas pour moi, dit la poule. C'est Norbert. Il ca-quette.

— C'est tes histoires d'œuf, dit

le chien. À force, ça lui a monté au cerveau.

— Mais non, dit la poule, je

n'y suis pour rien. C'est sa cravate.

— Bon, dit le chien, d'accord. Essayons.

Il tira sur le nœud. En vain.

— Elle est coincée, cette cravate, conclut-il. Va falloir la couper, Norbert.

Le fermier arrivait.

— Qu'est-ce que vous fabriquez, tous les trois? s'enquit-il.

— C'est Norbert, dit la cane. Sa cravate le fait caqueter. Elle est trop serrée. Claude propose de la couper.

— Norbert, dit le fermier, viens voir un peu ici.

Le cochon, très élégant, très
rose, mais la figure plutôt rouge,
s'avança vers le fermier.

– Cot, dit-il. Codet.

– En effet, tu caquettes, dit le
fermier. Ne vous inquiétez pas,
je vais m'en occuper, dit-il au

chien, à la cane et à la poule. Les problèmes de cochons qui caquettent à cause de leur cravate trop serrée, ça me connaît.

Et le fermier emmena le cochon, caquetant.

Le lendemain, on ne revit pas le cochon.

La poule s'ennuyait un peu, parce qu'elle ne savait plus à qui parler de son problème d'œuf et de poule.

Enfin, disons qu'elle avait l'*air* de s'ennuyer.

Elle marchait toute seule dans la basse-cour, l'air songeur, et parfois elle parlait à haute voix.

– Donc, on a l'œuf, disait-elle. Mais on a aussi la poule. Mais pas en même temps. L'un précède l'autre. Il me semble

bien que c'est l'œuf, tout de même. Enfin, non, plutôt la poule. Oh, et puis zut!

– Tu m'as l'air encore bien excitée, Maud, ce matin, intervint la cane.

— Ah, c'est sûr que toi, Ghislaine, tu ne t'embarrasses pas de problèmes de ce genre. Tu ne penses qu'à écouter ta musique.

— Tu me fais quand même de la peine, dit la cane. J'aimerais t'aider, moi.

— Pour ça, dit la poule, il faudrait peut-être que tu ôtes ton baladeur de tes oreilles.

La cane ôta son baladeur et arrêta de se dandiner.

— Je t'écoute, Maud.

— Bon, dit la poule. Tu ponds des œufs, toi aussi.

— Ça m'arrive, oui, dit la cane. Mais je me freine. Avec

mes douze canetons, déjà, je ne sais plus où donner de la tête. Et j'ai un mal fou à leur apprendre à lire.

— Essaie les bandes dessinées, dit la poule. Il y a un peu de texte, dans les images.

— J'essaierai, merci, dit la cane.

— Revenons à nos moutons, dit la poule. Est-ce que tu t'intéresses à tes œufs?

— Je les couve, dit la cane.

— C'est entendu, dit la poule. Mais t'es-tu jamais demandé qui, de la cane ou de l'œuf, est apparu en premier?

– C'est une question sans réponse, dit la cane.

– Et ça te suffit ? dit la poule.

– Mais oui ! s'exclama la cane. Je ne vais pas chercher midi à quatorze heures, moi !

– Tu vois, tu ne veux pas m'aider, dit la poule.

– Mais si ! dit la cane.

– Tu ne peux pas éteindre ton baladeur ? demanda la poule. Tu l'as bien ôté de tes oreilles, mais il n'arrête pas de grésiller.

– Excuse-moi, dit la cane, je croyais que je l'avais éteint.

Elle voulut régler la molette

de son baladeur, mais la molette tourna à vide.

— Je n'arrive pas à l'éteindre, dit-elle.

— Ça m'énerve, ce grésille-ment, dit la poule, je n'arrive pas à me concentrer pour penser à mon problème.

— Je vais demander à Claude,

dit la cane, il s'y connaît assez bien en hi-fi.

Elles allèrent voir le chien. Il dormait.

— Qu'est-ce qu'il y a encore? dit-il en s'éveillant.

— Le baladeur de Ghislaine grésille, dit la poule. La molette tourne à vide.

— Encore tes histoires d'œuf, dit le chien.

— Mais non, dit la poule, je n'y suis pour rien, c'est son baladeur.

— Il va falloir l'ouvrir, ce baladeur, dit le chien.

Le fermier arriva.

– Ah, dit-il, je vois que le
baladeur de la cane grésille. Et je
m'y connais, en problèmes de
baladeurs de canes, surtout quand
ça grésille. Viens avec moi, Ghislaine.

Et il emmena la cane.

Le lendemain, on ne revit pas
la cane.

La poule avait toujours son problème d'œuf. Elle alla voir le mouton.

– Tu n'y connais rien, en œufs, Bob, je suppose ? lui dit-elle.

– Non, dit le mouton. Et puis tu n'as qu'à te débrouiller, avec ton problème d'œuf et de poule. Je n'ai pas envie de finir comme le cochon et la cane.

– Qu'est-ce que tu veux dire ? s'étonna la poule.

– Chaque fois que tu parles de ton problème d'œuf à un animal de la ferme, répondit le mouton, qui n'avait pas un petit pois à la place du cerveau, lui non plus, il lui arrive un autre problème que celui de l'œuf, et le fermier l'emmène. Et on ne le revoit plus.

— C'est une coïncidence, dit la poule. Voilà tout. Je ne vais quand même pas m'empêcher de réfléchir sous prétexte que ça vous coince quelque chose chaque fois.

— De toute façon, dit le mouton, qui, en plus d'être intelligent, était très fier de son intelligence, tu ne me fais pas peur, avec ton problème d'œuf. Vas-y, je t'écoute.

– Eh bien, voilà, commença la poule.

Cependant, le mouton, méfiant, jetait de petits coups d'œil alentour pour voir si le fermier arrivait. Mais il ne voyait personne. Le chien, lui, dormait dans sa niche.

– J'ai apporté un œuf, aujourd'hui, continua la poule. C'est pour être plus claire.

Et, de dessous son aile, elle fit apparaître un œuf.

– Frais pondu de ce matin, dit-elle.

– Je le vois bien, ton œuf, dit le mouton. Et alors ?

— Alors rien, dit la poule.

Et, d'un puissant mouvement d'aile, elle jeta l'œuf à Bob en pleine figure. L'œuf s'écrasa sur le museau du mouton, qui se mit à bêler comme un perdu.

— Au secours ! criait-il. Je n'y vois plus rien, et les morceaux de coquille m'entrent dans l'œil !

Le chien s'éveilla.

— Qu'est-ce qui se passe, encore ? dit-il.

— C'est Bob ! lui cria la poule. Il a pris un œuf dans l'œil !

— Attends, je vais tout de suite chercher le fermier ! lui cria le

chien. Moi, je ne peux rien faire ! Je n'y connais rien, en œufs dans l'œil, surtout chez les moutons.

Le mouton, aveuglé, bêlait toujours, mais le fermier arrivait déjà.

– Ah, dit-il, je vois. Les problèmes de moutons qui ont un œuf dans l'œil, ça me connaît.

Et il emmena le mouton, qui bêlait de plus belle.

Le lendemain, on ne revit pas le mouton.

Le fermier arriva dans la cour de la ferme et se dirigea vers la poule.

— Bon, dit-il. Qu'est-ce qu'il nous reste à tuer, à la ferme ?

— Eh bien, dit la poule, attendez, que je réfléchisse… (Elle se mit à compter sur ses plumes.) Il y a le veau, deux dindonneaux, trois poulets et… ah oui, une poule. Je parle de l'autre poule, bien sûr. Celle qui pond, et à qui j'ai volé un œuf, hier matin.

— Corinne, dit le fermier.

— Oui, Corinne, dit la poule.

— Tu sais, Maud, dit le fermier, je suis content que les choses se passent comme ça, avec les animaux de la ferme. En douceur, finalement. Tu leur parles

un peu de ton problème d'œuf,
ils ont un autre problème, et
j'arrive. Tranquillement. Genti-
ment.

— C'était quand même plus
dur pour le mouton, dit la
poule. Il était têtu comme un

âne. J'ai dû employer les grands moyens.

— En tout cas, je tiens à te remercier, dit le fermier. Depuis que tu ne ponds plus, parce que tu es trop vieille, et que je ne peux plus te faire cuire, parce que tu es trop dure, tu me rends bien service.

— Oh, c'est peu de chose, dit la poule. Et puis c'est vrai que ça m'amuse, ce problème d'œuf, depuis que je n'en ponds plus. Je me sens plus libre pour y réfléchir. Et j'aime bien parler avec les animaux de la ferme. C'est une façon agréable de passer ma retraite.

— Par contre, lui dit le fermier, excuse-moi, Maud, mais ça me ferait plaisir que tu fasses un effort, parfois, pour t'habiller. Tu portes toujours la même robe en coton, et elle finit par être sale. Ça me fait un peu honte, quand il vient des gens.

— Je n'ai plus l'âge d'être coquette, dit la poule. Et puis, quand on passe son temps à réfléchir, il n'en reste guère pour l'élégance.

— Comme tu voudras, Maud, concéda le fermier. En tout cas, je te remercie encore.

Le chien ouvrit un œil.

— Et moi, dit-il, je ne sers à rien, peut-être ?

— Mais si, Claude, dit le fermier.

— C'est vrai que je n'ai rien fait, pour le mouton. Mais Maud est allée trop vite, hier.

— Mais je ne t'en veux pas, dit le fermier, je ne t'en veux pas.

— Bon, c'est pas tout ça, dit la poule, mais il faut peut-être que j'aille voir le veau, moi. Vous le tuez quand, fermier ?

— Dans la soirée, dit le fermier. Il n'y a pas le feu.

— Bon, ben alors je me rendors, dit le chien.

Et il se rendormit.

– C'est un bon ouvrier, ce chien, au fond, dit la poule au fermier, tandis que force ronfle-

ments s'élevaient de la niche. Mais j'aimerais bien lui parler de mon problème d'œuf, de temps en temps. Pour qu'il se cultive un peu. C'est qu'il y a de moins en moins d'animaux avec qui je peux discuter, à la ferme.

— C'est le problème des gens qui réfléchissent, lui dit le fermier. Ils sont souvent seuls.

— Cot, fit la poule.

— Qu'est-ce que tu dis?

— Coooot, fit la poule. Co-detttt. Cott... Cod...

— Maud! s'écria le fermier. Qu'y a-t-il?

— Qu'est-ce qui se passe, encore? dit le chien.

— Maud est morte, dit le fermier. Elle était trop vieille.

La poule gisait sur le sol.